Harry Potter

필 / 름 / 볼 / 트

VOLUME 2

Harry Potter

필 / 름 / 볼 / 트

VOLUME 2

다이애건 앨리, 호그와트 급행열차, 마법 정부

조디 리벤슨 지음 | 고정아, 강동혁 옮김

문학수첩

들어가며

해리 포터는 호그와트 마법학교의 초대장을 받았을 때 자신이 마법사라는 사실뿐만 아니라 마법사들이 수백 년 동안 머글들(마법사가 아닌 사람들)과 함께 살아왔다는 사실을 알게 된다. 하지만 마법사들은 머글들이 마법사들의 세계에 접근하지 못하도록 막아야 한다. 그러므로 이런 장소들에 들어가려면 당연하게도 마법을 써야 한다.

마법사 세계를 스크린에 구현하는 임무를 맡게 된 프로덕션 디자이너 스튜어트 크레이그와 세트 장식가 스테퍼니 맥밀런은 어떤 공간을 만들거나 채울 때 개연성과 실현 가능성을 최우선으로 삼는다는 철학에 따랐다. 크레이그는 말한다. "개인적으로 즉흥적인 아이디어에 따르는 건 안 좋은 생각이었을 거라고 봅니다. 제 생각에 즉흥적 아이디어란 무엇이든 괜찮다는 뜻을 담고 있습니다. 뭔가가 필요성이나 이면의 논리 혹은 목적과는 관계없는 형태를 취한다는 거죠. 이번 영화에서도 그런 방법을 썼다면, 재앙에 가까운 결과가 나왔을 거예요."

크레이그와 그의 팀원들은 해리 포터 소설을 읽는 것 외에도 J.K. 롤링이 배경으로 삼은 다양한 장소들을 조사했다. 해리가 《해리 포터와 마법사의 돌》에서 처음으로 새로운 세상을 엿보게 된 곳은 런던 중심가에 있는 채링크로스가의 마법사 술집 리키 콜드런이다. 런던 전역에는 리키 콜드런 같은 술집들이 존재한다. 이런 술집들은 칠판에 적힌 메뉴와 불이 활활 타는 벽난로, 어둑어둑한 탁자 등을 갖추고 있다. 이 중에는 1500년대에 세워져, 특정한 패턴으로 쌓은 벽돌 벽과 무거운 목재가 석고로 된 건물을 지탱하고 있는 것들도 있다. 물론 (우리가 아는 한) 그 뒤에 다이애건 앨리로 이어지는 마법의 벽돌 벽은 없다. 해리는 호그와트의 숲지기이자 열쇠 관리인 겸 교정 관리인인 루비우스 해그리드와 함께 마법약, 빗자루, 솥단지, 마법 지팡이 등을 파는 상점들로 붐비는 마법사 시장에 들어간다. 다이애건 앨리의 건물은 몇 가지 양식을 뒤섞은 것으로 런던에 있는 다른 시장들과 마찬가지다. "중요한 건 창문과 건물 밖의 진열대였습니다." 크레이그는 말한다.

4쪽: 〈해리 포터와 죽음의 성물 1부〉를 위해 그린 앤드루 윌리엄슨의 그린고츠 콘셉트 아트.
위: 처음으로 다이애건 앨리를 방문한 해리.
아래: 리키 콜드런 세트장 안에 걸려 있는 다이애건 앨리의 지도 소품.

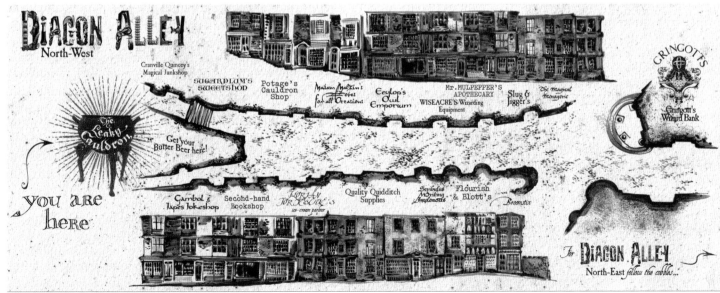

제작자 데이비드 헤이먼은 말한다. "스튜어트에게는 익숙한 것을 가져다가, 직관적으로 알아볼 수 있으면서도 왠지 참신하게 보일 정도로만 살짝 비트는 놀라운 능력이 있습니다. 예컨대 다이애건 앨리는 처음 봤을 때 상점들로 가득한, 자갈길 깔린 흥미로운 거리처럼 보입니다. 하지만 이 거리에 직각을 이루고 있는 것이 아무것도 없다는 사실은 잠시 후에야 알아볼 수 있죠."

해리와 그의 친구들이 매년 마법학교에 갈 때 타고 가는 호그와트 급행열차에 타려면 킹스크로스역 9와 4분의 3번 승강장을 지나야 한다. 승강장에서 촬영한 장면에는 기차에 타는 학생들이 가져온 짐이 엄청나게 많아야 했다. 스테퍼니 맥밀런은 말한다. "주요 등장인물들은 모두 각자의 이름과 학교 문장이 새겨진 짐 가방을 가지고 있습니다." 이들에게는 부엉이, 쥐, 고양이 등의 반려동물을 넣을 우리도 필요했다. "우리 구매 담당자가 최대한 다양한 모양의 고양이 바구니를 찾으러 동물 가게를 돌아다니던 게 기억나네요."

<해리 포터와 불사조 기사단>에서 해리는 처음으로 마법 정부를 방문한다. 미스터리부에서 열린 재판에 출석하기 위해서다. 스튜어트 크레이그는 마법 정부가 영국 머글 정부에 해당하며, 사실 영국의 정부 청사가 자리 잡고 있는 화이트홀 지하에 위치하고 있다는 것을 알고 있었다. 마법 정부에는 보통 플루 네트워크를 통해 출입한다. 플루 네트워크란 플루 가루와 벽난로를 이용해 한 장소에서 다른 장소로 이동하는 방식이다. 하지만 해리는 미성년 방문객이었기에 건물 외부를 통해 들어가야 했다. 해리는 아서 위즐리와 함께 거리에 널린 흔한 빨간색 공중전화 부스를 통해 그곳에 들어간다. 안으로 들어가자 문자 그대로 마법이 시작된다. 특정 번호(64224)에 전화를 걸면 방문자들이 정부로 내려가게 돼 있다.

헤이먼은 말한다. "모든 배경이 너무도 익숙했고, 공감을 불러일으켰습니다. 덕분에 마법 정부는 다른 세상에 속한 공상적인 존재에 그치지 않고 실제로 있을 법하게 느껴졌습니다. 마법 세계가 나의 세상과 연결된 곳처럼 느껴지게 됐죠. 누가 알겠습니까? 만에 하나지만, 혹시 저기 어딘가에 마법 정부가 있을지도요. 없다면, 꼭 있었으면 좋겠네요."

위: <해리 포터와 불사조 기사단>에서 아서 위즐리는 해리를 데리고 방문자 전용 입구를 통해 마법 정부에 들어간다.
아래: <해리 포터와 불사조 기사단>을 위해 그린 애덤 브록뱅크의 콘셉트 아트.
7쪽: <해리 포터와 불사조 기사단>을 위해 그린 앤드루 윌리엄슨의 콘셉트 아트.

다이애건 앨리

리키 콜드런

〈해리 포터와 마법사의 돌〉에서 루비우스 해그리드가 해리를 데리고 간 런던의 술집 겸 여관 리키 콜드런은 다이애건 앨리와 마법 세계로 들어가는 입구다. 별 특징 없는 문을 열고 안으로 들어가면 튜더 시대(1485~1603)풍 아치 아래 거대한 벽난로가 타오르는 큰 식당이 나온다. 벽돌 위에 석회를 칠한 술집 내벽은 긴 나무 들보와 복잡한 곡선형 장식을 이고 있는 높은 창문에 둘러싸여 있고, 칠판에는 돼지 구이, 들짐승 고기 파이, 장어 초절임 같은 점심 메뉴가 적혀 있다.

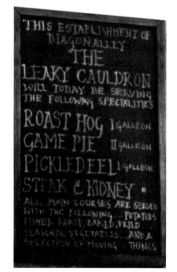

〈해리 포터와 아즈카반의 죄수〉에서 나이트 버스를 타고 리키 콜드런으로 간 해리는 거기서 하룻밤을 보내고 호그와트로 떠난다. 이때 내실에서 마법 정부 총리 코닐리어스 퍼지를 만나는데, 그 방은 튜더풍의 특징을 이루는 짙은 색 나무판들에 싸여 있다. 해리가 묵는 2층 11호의 벽은 단순한 회벽이지만, 침대 기둥과 헤드보드 조각은 아주 장식적이다. 스튜어트 크레이그는 "일부러 튜더풍 방과 침대를 선택했"다고 말한다. "마법 세계의 시간 척도는 우리와 다르다는 느낌을 다시 한번 주고 싶었어요." 창밖으로는 런던 버러 시장과 서더크 성당 탑들이 보인다. 객실 종업원이 룸서비스를 제공하러

사용자: 주인 톰, 마법사 손님들
촬영 장소: 리브스덴 스튜디오
등장: 〈해리 포터와 마법사의 돌〉, 〈해리 포터와 아즈카반의 죄수〉

오는 복도는 인위적 원근법이라는 전통적 기법으로 만들어졌다. 상대적인 크기를 조작해 장소를 높고 길어 보이게 하는 세트 장식법인데, 이렇게 하면 실제로는 3~4미터 길이인 복도를 15미터처럼 보이게 할 수 있다. 〈해리 포터〉 영화에 쓰인 여러 시각효과처럼, 세트에도 컴퓨터 기술뿐 아니라 여러 실사 기술이 사용되었는데 "비용도 훨씬 덜 들고 훨씬 더 재미있"는 방법이었다고 스튜어트 크레이그는 말한다.

10~11쪽, 왼쪽 위부터 시계방향으로:
〈해리 포터와 아즈카반의 죄수〉에 나오는 리키 콜드런 외관 콘셉트 아트(앤드루 윌리엄슨)./리키 콜드런 세트의 두 장소./〈해리 포터와 아즈카반의 죄수〉에 나오는 식당./리키 콜드런의 이모저모: 안내 표지. 코닐리어스 퍼지가 사용한 책상. 식당 메뉴.

"들었죠? 런던 리키 콜드런."

스탠 션파이크, 〈해리 포터와 아즈카반의 죄수〉

다이애건 앨리

영화에서 해리 포터와 관객들은 다이애건 앨리를 통해 마법 세계 속으로 들어간다. 마법사들은 이곳에서 최신 형 퀴디치 빗자루를 사고팔고 작가 사인회를 열며, 호그 와트 학생들은 솥이나 깃펜, 로브, 지팡이 같은 학용품 을 사고 때로는 부엉이나 두꺼비, 쥐를 산다.

　스튜어트 크레이그는 "다이애건 앨리는 〈해리 포터와 마법사의 돌〉에서 가장 일찍 지은 세트 중 하나"라고 말 한다. "우리는 디킨스 소설 속에 나올 법한 거리 풍경을 생각하며 시작했어요." 크레이그는 그 당시 건물들이 흥 미롭게 기울어져 있다는 데 주목했다. "빅토리아 시대 초 기 건축물들은 중력을 거부하는 것처럼 **기울어져** 있어 요. 그래서 우리는 금세 쓰러질 듯 기울어진 느낌의 건 축 구조를 만들었죠." 그리고 거기에 튜더, 조지, 앤 여 왕 시대의 요소를 추가해 독특한 건축적 조합을 만들었 다. 그런 뒤 크리스 콜럼버스 감독과 스튜어트 크레이그

12~13쪽, 왼쪽 위부터 시계방향으로: 〈해리 포터와 마법사의 돌〉의 한 장면. 쇼핑객들이 다이애건 앨리의 마법 동물 가게 근처에 모여 있다./슈 가 플럼 과자 가게, 아일롭스 부엉이 상점 등이 보이는 다이애건 앨리 세 트./〈해리 포터와 마법사의 돌〉에서 해그리드(로비 콜트레인)가 해리와 함 께 다이애건 앨리를 거니는 모습./그린고츠 은행 입구 스케치.

"여기가 다이애건 앨리란다."

루비우스 해그리드, 〈해리 포터와 마법사의 돌〉

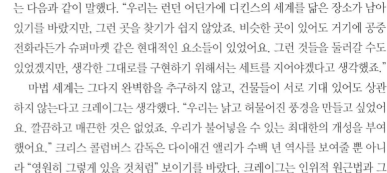

는 런던 거리를 훑으면서 다이애건 앨리를 촬영할 만한 장소를 물색했다. 콜럼버스는 다음과 같이 말했다. "우리는 런던 어딘가에 디킨스의 세계를 닮은 장소가 남아 있기를 바랐지만, 그런 곳을 찾기가 쉽지 않았죠. 비슷한 곳이 있어도 거기에 공중전화라든가 슈퍼마켓 같은 현대적인 요소들이 있었어요. 그런 것들을 둘러갈 수도 있었겠지만, 생각한 그대로를 구현하기 위해서는 세트를 지어야겠다고 생각했죠."

마법 세계는 그다지 완벽함을 추구하지 않고, 건물들이 서로 기대 있어도 상관하지 않는다고 크레이그는 생각했다. "우리는 낡고 허물어진 풍경을 만들고 싶었어요. 깔끔하고 매끈한 것은 없었죠. 우리가 불어넣을 수 있는 최대한의 개성을 부여했어요." 크리스 콜럼버스 감독은 다이애건 앨리가 수백 년 역사를 보여줄 뿐 아니라 "영원히 그렇게 있을 것처럼" 보이기를 바랐다. 크레이그는 인위적 원근법과 그림 배경으로 그 소망을 충족시켰다.

거리 풍경과 디자인이 결정되자, 세트 장식가 스테퍼니 맥밀런이 가게들에 빗자루나 솥 같은 마법 물품들을 채웠다. 맥밀런의 팀은 영화 시리즈 전편에 걸쳐서 골동품 상점, 경매장, 벼룩시장을 뒤지고 소품 제작자들에게 필요한 물품의 제작을 의뢰했다. 다이애건 앨리를 위해서는 "우선 책에 나오는 가게 이름들과 거기 적힌 내용을 토대로 세트를 꾸미고, 그런 뒤 나머지를 채웠다"고 맥밀런은 말한다. 때로는 구매한 물품을 소품 제작소에서 복제해 필요한 분량을 채우기도 했다. "정말로 많은 물건을 샀다"며 맥밀런은 웃었다. 다행히 〈해리 포터〉 시리즈의 열혈 팬인 조수가 "군사 작전을 치르듯" 치밀하게 구매 물품 목록을 작성했다. 도시와 시골에서 이 물품 구매를 담당한 사람들은 유리병과 책과 새장을 그렇게 많이 사는 이유를 절대 밝히지 말라는 지시를 받았고, 빗자루를 대량으로 구입한 팀원은 가게 주인에게 청소할 일이 아주 많다고 이야기했다.

세트 장식도 보통 일이 아니었다. 포타주 씨의 가게 앞에는 솥이 층층이 쌓여 있고, 고급 퀴디치 용품점 옆에는 빗자루들이 공중에 떠 있다. 〈해리 포터〉 영화와 비디오 게임용으로 세워진 멀페퍼 씨네 약재상에는 7미터 높이에 3미터 폭 선반들이

14~15쪽: 다이애건 앨리 세트의 여러 모습. 나무통 위에 올라 있는 상품들, 플러리시 앤 블러츠 서점. 플로리언 포테스큐 아이스크림 가게, 슬러그 앤 지거 약재상 등.

사용자: 마법사들, 고블린, 온갖 마법 생명체와 동물들

점포들: 아일롭스 부엉이 상점, 포타주의 솥단지 가게, 어디서나 잘 어울리는 말킨 부인의 로브 전문점, 고급 퀴디치 용품점, 플러리시 앤 블러츠 서점, 그린고츠 마법사 은행, 멀페퍼 약재상, 올리밴더의 지팡이 가게, 위즐리 형제의 위대하고 위험한 장난감 가게

촬영 장소: 리브스덴 스튜디오

등장: 〈해리 포터와 마법사의 돌〉, 〈해리 포터와 비밀의 방〉, 〈해리 포터와 혼혈 왕자〉, 〈해리 포터와 죽음의 성물 2부〉

늘어서 있다. 맥밀런은 "한 번에 단 한 명의 소품 담당자만 그 선반을 꾸밀 수 있었"다고 말한다. "그리고 그 모든 선반들에 닿기 위해 과일 딸 때 쓰는 크레인 비슷한 기계를 써야 했죠."

다이애건 앨리를 만들고 구석구석을 꾸민 열정과 정성은 작가 J.K. 롤링이 세트를 방문했을 때 보답 받았다. "나는 그때 거기 없었지만 롤링이 눈물을 글썽거렸다고 들었어요. 자신이 상상한 모습과 똑같다고요." 맥밀런이 말한다. 크리스 콜럼버스 감독은 롤링과 함께 세트를 둘러볼 때 약간 긴장했지만, 다이애건 앨리를 이리저리 안내할 때 롤링이 아주 좋아했다고 말한다.

16~17쪽: 빗자루, 깃발, 유니폼 들로 정성스럽게 꾸며진 고급 퀴디치 용품점 세트.

그린고츠 마법사 은행

해그리드는 해리를 그린고츠 마법사 은행에 데려가서 해리가 호그와트에 입학하는 데 필요한 각종 용품을 살 돈을 찾는다. 고블린들이 운영하는 그린고츠 은행은 거대한 3층 건물인데, 대리석으로 지은 중앙 로비 아래에 지하 금고가 층층이 자리하고 있다. 역사가 깊고 보안이 강력한 금고일수록 더욱 깊은 곳에 위치하는데, 그 금고들에 가려면 작은 수레를 타고 꼬불꼬불한 선로를 내려가야 한다. 스튜어트 크레이그는 그린고츠에 최고의 은행 같은 느낌을 주고 싶었다. 크레이그는 "은행은 전통적으로 안정성의 상징이고, 은행 건축은 신뢰감을 전달하는 것이 중요"하다고 말한다. 〈해리 포터와 마법사의 돌〉의 그린고츠 은행 장면은 런던에서 외국 사절단이 가장 오랜 기간 점유했던 건물인 오스트레일리아 하우스에서 촬영했다. 오스트레일리아 하우스의 19세기 프랑스풍 실내는 크레이그가 원하는 비율로 이루어져 있었는데, 이는 그곳에서 일하는 자들과 완벽한 대조를 이루었다. "고블린은 아주 작아 보이고, 은행은 원래 그렇듯 위엄

있고 견고하고 중요해 보여야 했어요. 그래서 대리석 로비와 거대한 대리석 기둥들을 만들었죠." 크레이그의 설명이다. 그들은 로비에 놓을 책상을 만들고 장부와 깃펜도 제작했으며, 현장에서 자주 사라진 크넛, 시클, 갈레온 같은 동전도 만들었다. 지하 금고는 스튜디오에 지은 후에 배경 그림과 특수효과를 통해 시각적으로 확대시켰다. 〈해리 포터와 마법사의 돌〉에서 687번 금고를 열고, 〈해리 포터와 죽음의 성물 2부〉에서 레스트레인지 가문의 금고 문을 여는 복잡한 과정은 마크 벌리모어가 만들어 낸 실사 특수효과다. 벌리모어는 〈해리 포터와 비밀의 방〉에서 뱀 자물쇠를 여는 장면도 담당했다.

〈해리 포터와 죽음의 성물 2부〉에서 해리는 레스트레인지의 금고에 있는 호크룩스를 찾기 위해 론 위즐리, 헤르미온느 그레인저, 고블린 그립훅과 함께 그린고츠를 찾고, 금고를 빠져나오는 과정에서 용이 탈출하면서 은

18~19쪽, 위에서부터 시계방향으로: 영화를 위해 디자인한 크넛, 시클, 갈레온./그린고츠 수레 콘셉트 아트./영수증 소품./〈해리 포터와 마법사의 돌〉 세트에서 수레가 선로를 움직이는 장면을 촬영하기 위해 블루스크린이 사용되었다./〈해리 포터와 죽음의 성물 2부〉 중 은행에서 일하는 고블린들.

"네 돈은 마법사의 은행인 그린고츠에 있어.
최고로 안전한 곳이지. 호그와트 다음으로
말이야."

루비우스 해그리드, 〈해리 포터와 마법사의 돌〉

사용자: 고블린

촬영 장소: 잉글랜드 런던 스트랜드의 오스트레일리아
하우스, 리브스덴 스튜디오

등장: 〈해리 포터와 마법사의 돌〉, 〈해리 포터와 죽음
의 성물 2부〉

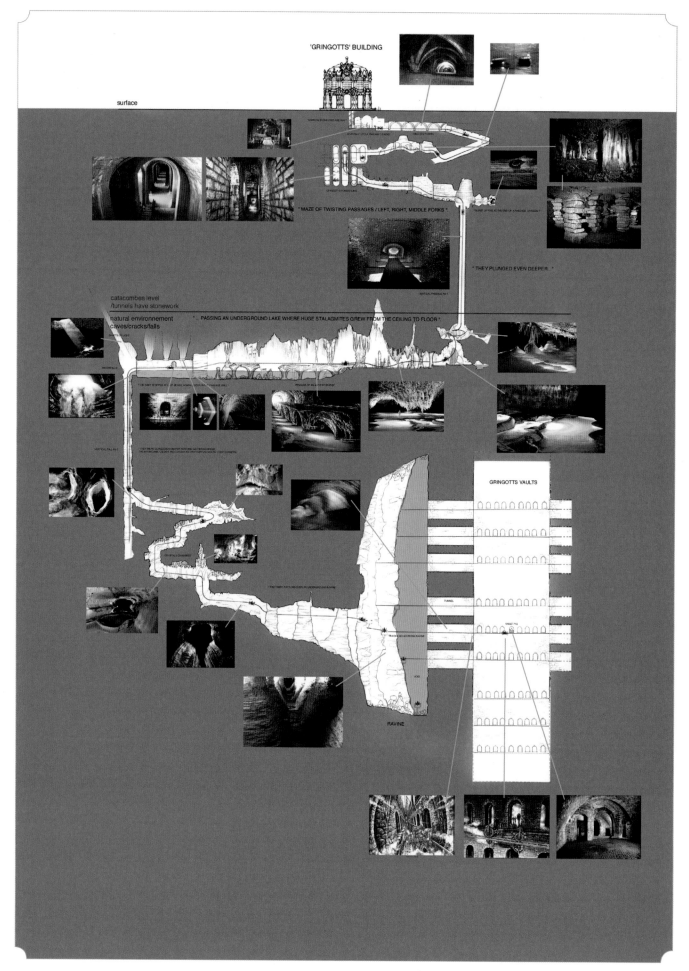

행 건물이 파손된다. "용이 우리를 박차고 나와 수십 미
터 위의 동굴 천장을 깨고 은행 로비를 지나 유리 지붕
을 뚫고 나가요. 오스트레일리아 하우스에서는 절대 찍
을 수 없었죠." 크레이그가 웃으며 말한다. 그런 이유로
리브스덴 스튜디오에 똑같은 은행이 세워졌다. 이를 위
해 종이로 대리석 기둥과 바닥을 만들었는데, 크레이그
는 그의 팀이 마치 "가짜 대리석 공장 같았"다고 말한다.
종이 대리석은 말 그대로 물 위의 기름을 띄워 만드는데,
넓은 사각 물탱크에 유화 물감을 뿌리고 휘저은 뒤 그 위
에 특수 종이를 얹는다. "종이를 걷으면 거기 달라붙은
유화 물감이 대리석 같은 소용돌이무늬를 이뤄요. 거기
에 마무리 붓질만 조금 하면 완성이죠." 디자인 팀은 대
형 디지털 프린터로 최대 3.6미터 폭에 이르는 대리석 종
이를 복사했다. 지름이 3.6미터나 되는 샹들리에들은 사
출 성형한 크리스털 수천 개를 정교한 순서로 조립해서
만들었다. 크레이그는 "본래는 전체 높이가 4.8미터 정
도 되어야 했지만, 아래쪽만 만들고 윗부분은 컴퓨터로
덧붙였"다는 사실을 인정했다. 은행원들의 저울과 책상
은 창고에서 나왔는데, 책상들은 칠을 다시 하고 디자인
도 약간 세련되게 수정했다. 그리고 이번에는 동전을 플
라스틱으로 만들어 접착제로 붙여서 쌓았다.

20쪽: 〈해리 포터와 마법사의 돌〉을
위해 만든 설계도를 보면, 그린고츠
의 미로 같은 터널과 수레(21쪽 맨
위와 아래)를 타고 금고로 가는 길을
알 수 있다.
중간: 그린고츠의 둥근 지붕을 뚫고
탈출하는 용 콘셉트 아트(폴 캐틀링).

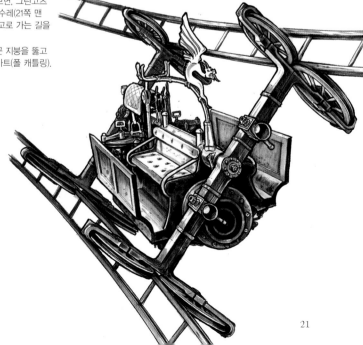

올리밴더의 지팡이 가게

사용자: 올리밴더 씨
촬영 장소: 리브스덴 스튜디오
등장: 〈해리 포터와 마법사의 돌〉, 〈해리 포터와 혼혈 왕자〉

모든 마법사는 반드시 지팡이를 가진다. 그래서 〈해리 포터와 마법사의 돌〉에서 처음 다이애건 앨리를 방문한 해리 포터는 "서기전 382년부터 훌륭한 지팡이를 만들어 온" 올리밴더 씨네 가게에 간다.

〈해리 포터와 마법사의 돌〉 촬영을 위해 제작한 올리밴더의 지팡이 가게 세트에는 17,000개가 넘는 지팡이 상자가 사방에 빼곡히 쌓여 있다. 5미터 높이 선반에 놓인 것도 있는데, 높은 곳에 있는 지팡이를 가지러 갈 때는 3.5미터 높이 사다리를 이용했다. 각 지팡이 상자에는 지팡이의 심, 사용한 나무 등의 정보를 룬문자, 알파벳, 각 시대와 나라별 서체로 적은 상표가 붙어 있다. 어떤 상자에는 술이나 끈이 달려 있기도 하다. 그런 뒤 지팡이들이 오랫동안 거기서 자신의 마법사를 기다리고 있었다는 느낌을 주기 위해 상자들을 낡게 만들고 먼지로 뒤덮었다.

스튜어트 크레이그는 올리밴더 세트의 독특한 분위기에 만족했다. "밀도 있는 작은 공간이죠. 풍부한 세부 소품이 좁은 면적을 가득 채워요." 이 세트에서 다양한 검은 색조를 사용해 어두운 장소를 멋지게 만들어 낸 경험은 그가 이후에 다른 어둠침침한 장소들을 만들 때 도움이 되었다. "가구와 목공 제품은 페인트를 칠해 검게 만들었어요. 참나무에 검은색을 칠한 뒤에 나뭇결이 비쳐 보이도록 문질렀죠. 고가구, 특히 제임스 시대풍 가구들을 그렇게 만들었어요. 그 기법으로 영화 전체에 좋은 효과를 보았죠."

위: 검은색으로 꾸며진 올리밴더의 지팡이 가게 전면.
23쪽: 〈해리 포터와 마법사의 돌〉에서 올리밴더 씨(존 허트)가 해리에게 알맞은 지팡이를 찾고 있다.

"지팡이? 올리밴더로 가자.
저 집이 최고지."

루비우스 해그리드,
〈해리 포터와 마법사의 돌〉

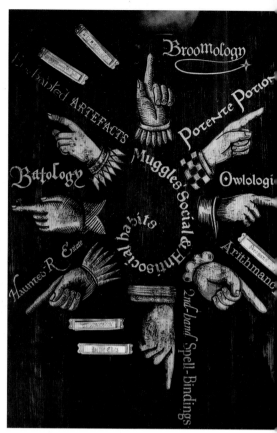

"이럴 수가, 오늘 아침 해리 포터가 내 전기 《마법 같은 나》를 사기 위해 플러리시 앤 블러츠에 들어오다니."

길더로이 록하트, 〈해리 포터와 비밀의 방〉

플러리시 앤 블러츠

플러리시 앤 블러츠는 호그와트 학생들이 매년 교과서를 비롯한 여러 책을 살 수 있는 마법 서점이다. 〈해리 포터와 비밀의 방〉에서 플러리시 앤 블러츠 서점은 길더로이 록하트의 《마법 같은 나》 출간 기념 사인회를 개최하는데, 위즐리와 말포이 가족을 비롯한 여러 마법사 가족이 참석한다.

플러리시 앤 블러츠의 외관은 평범한 서점 같지만, 내부에 들어서면 스튜어트 크레이그가 다이애건 앨리에 설정한 미학 법칙과 맞아떨어지는 "물리학과 자연 법칙을 거스르는 비현실적 나선형 책 더미"가 눈에 확 뜨인다. "마법은 기습적으로 펼쳐질 때 효과가 더 커지는 것 같아요. 처음 발을 들였을 땐 친숙하게 느껴지지만, 무언가 특이하고 마법적인 것을 발견하는 순간 놀라움이 커지죠." 플러리시 앤 블러츠는 실제로는 올리밴더 씨네 가게를 새롭게 단장해 만들었다.

세트 장식 팀과 그래픽 팀은 숫자점, 투명 마법, 마법의 역사 같은 구역 안내 표지를 금색으로 장식하고 박쥐학, 부엉이학, 빗자루학 등 온갖 '학'으로 끝나는 책들과 지팡이 복지, 빗자루 관리, 머글 사회와 역사적 관습, '요정과 안전'에 대한 내용의 책들을 뒤죽박죽 섞어 책 더미를 쌓아 올려 상점 내부를 꾸몄다. 여덟 편의 영화 시리즈 전체에 등장하는 모든 책을 만든 미라포라 미나와 에두아르도 리마의 그래픽 팀은 검은 흙빛 천과 가죽으로 표지를 씌우고, 책장에 금칠을 했다. J.K. 롤링으로부터 록하트의 책은 공항이나 버스 터미널에서 파는 싸구려 책 같은 분위기라는 정보를 전해 들은 미나와 리마는 요란한 색으로 반들거리는 인조 가죽을 그의 책 표지 용지로 선택했다.

사용자: 책, 책, 또 책
촬영 장소: 리브스덴 스튜디오
등장: 〈해리 포터와 비밀의 방〉, 〈해리 포터와 혼혈 왕자〉

위: 플러리시 앤 블러츠 서점 외관과 금색 안내 표지들.
25쪽: 중력을 거부하듯 천장까지 쌓인 책 더미는 책에 구멍에 뚫고 곡선형 금속 막대를 꿰어서 만들었다.

위즐리 형제의
위대하고 위험한 장난감

프레드 위즐리와 조지 위즐리는 〈해리 포터와 혼혈 왕자〉에서 다이애건 앨리에 가게를 열고 장난 용품, 사랑의 묘약, 방어 마법 제품, 그리고 대표 상품인 꾀병 과자 세트 등을 판다. 보라색으로 칠한 이 큰 건물 앞에는 위즐리 가족을 특징짓는 주황색 옷을 입은, 위즐리 쌍둥이 중 한 명을 본뜬 6미터 크기의 움직이는 모형이 있는데 프레드와 조지 어느 쪽이 모델인지는 여전히 논란의 대상이다. 배우 제임스 펠프스(프레드 위즐리)는 "내가 더 잘생겼으니까" 자신이 모델이라고 말하고, 배우 올리버 펠프스(조지 위즐리)는 "내 얼굴이 더 재미있어서" 자신이라고 말한다. 이 모형은 눈과 눈썹을 움직이고, 모자를 들었다 내렸다 하며 머리 위의 토끼를 드러냈다가 감추곤 한다. 이 가게에서 볼 수 있는 여러 머글식 장난 중 하나다.

영화 속에서 이 건물은 다이애건 앨리에서 유난히 두드러지는데, 많은 상점이 죽음을 먹는 자들에게 파괴되었기 때문이기도 하지만 색깔이 워낙 눈에 띄어서이기도 하다. 스튜어트 크레이그는 세트를 조화롭게 보이게 하는 방법을 찾으려 애쓰면서 다이애건 앨리에 적용할 색깔의 수를 제한했다. 크레이그는 "위즐리 가게는 관행에서 벗어나야 했"다고 말한다. "그래서 그 어느 곳보다 밝고 깨끗한 분위기로 만들었어요. 눈길을 확 사로잡아야 했거든요."

그래픽 팀은 3층짜리 가게를 가득 채운 수천 개의 상자와 병과 포장에 상표를 붙였다. 미라포라 미나는 다음처럼 말한다. "처음에는 예쁘고 정교한 종이와 디자인을 사용했어요. 그런데 스튜어트가 '더 싸구려처럼 만들어 달라'고 해서 폭죽 장난감들의 포장을 살펴봤죠. 그것들은 싸구려 일회용이고 늘 인쇄가 엉터리거든요." 다양한 질감과 색깔의 종이에 스캔한 그래픽은 "다 원하는 대로 나오지는 않았다". "우리가 싸구려 종이를 사용해서 더 그랬어요. 하지만 그게 오히려 도움이 되었죠." 에두아르도 리마가 말한다. 그래픽 팀원들은 싸구려 물건을 파는 가게들에서 여러 종류의 통을 구한 뒤에 이를 고쳐서 위즐리 가게에 넣었다. "모두 140개 정도의 제품을 디자인한 것 같아요." 리마의 말에 미나가 덧붙였다. "그런 뒤에 한 가지 물품을 200개, 400개로 복제했죠. 어떤 것은 2,000개까지 만들었어요. 모두 우리 팀원들이 제작했죠. 집요정들처럼요." 그 모든 장난감과 웃기는 물건을 만드는 데 몇 주가 걸렸

왼쪽: 위즐리 형제의 위대하고 위험한 장난감 가게 현관에 설치된 움직이는 모형 장식 콘셉트 아트.
위: 모형이 모자를 벗으면 토끼가 보인다.
27쪽: 온갖 물건이 가득한 위즐리 형제의 위대하고 위험한 장난감 가게의 다채로운 세트.

고, 그걸 가게에 채워 넣는 데 또 몇 주가 소요됐다. 그래 픽 팀은 쇼핑백, 주문서, 영수증과 가게의 모든 안내 표지도 만들었다.

몇 개의 대형 전시대와 자동판매기가 가게에 재미를 더했다. 콘셉트 아티스트 애덤 브록뱅크는 1950년대 영국 상점들 앞 기부 코너의 요란한 장난감과 크고 조악한 모형에서 아이디어를 얻었다. "'10초 만에 여드름 없애는 약'이라는 연고가 있어요. 그래서 얼굴에 여드름이 났다가 사라지는 모형을 만들자고 했죠." 소품 제작자 피에르 보해나와 소품 팀은 여드름 인형 모형을 만들고, 또 높이가 1.8미터나 되는 '속 뒤집어지는 사탕' 판매기도 만들었다. "재미있고 역겨운 것을 만들고 싶었"다고 브록뱅크는 말한다. "이 소녀는 구역질 사탕을 양동이에 끝없이 토해요. 손님들이 그 밑에 컵을 대고 있다가 원하는 만큼 차면 계산을 하죠." 피에르 보해나의 팀은 이 소녀가 '토한' 녹색과 보라색 사탕 수천 개를 만들고 수많은 코피 캔디와 졸도하는 장식 케이크, 펄펄 열나는 퍼지도 만들었다. "위즐리 형제의 위대하고 위험한 장난감 가게 세트에는 물건이 정말 많아요. 거기서 며칠을 지내도 다 구경 못할 걸요." 제임스 펠프스(프레드 위즐리)의 말이다.

"골라, 골라! 졸도하는 장식 케이크! 코피 캔디! 개학맞이 바겐세일! 속 뒤집어지는 사탕!"

프레드 위즐리와 조지 위즐리, 〈해리 포터와 혼혈 왕자〉

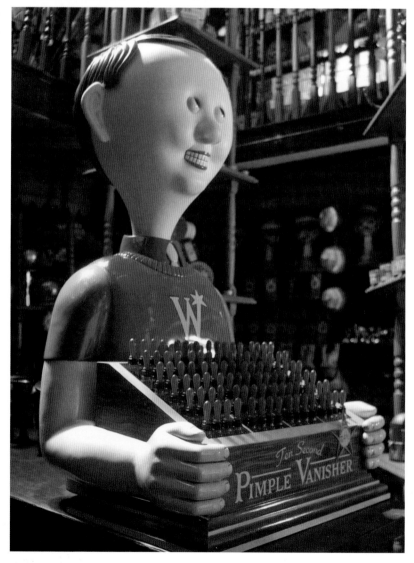

위: 사랑의 묘약을 살펴보는 헤르미온느(에마 왓슨)와 지니(보니 라이트).
아래, 29쪽: 위즐리 형제의 위대하고 위험한 장난감 가게 세트를 위해 제작된 정교하게 움직이는 커다란 모형들.
왼쪽: 장난감 가게 바깥에 놓인 '용이 굽는' 군밤 기계.

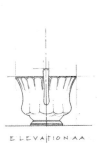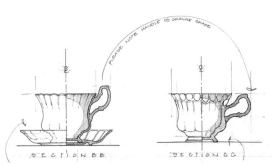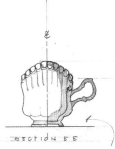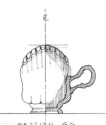

ELEVATION AA   SECTION BB   SECTION CC   SECTION EE   SECTION GG

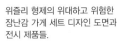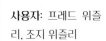

위즐리 형제의 위대하고 위험한
장난감 가게 세트 디자인 도면과
전시 제품들.

사용자: 프레드 위즐
리, 조지 위즐리

촬영 장소: 리브스덴
스튜디오

등장: 〈해리 포터와
혼혈 왕자〉

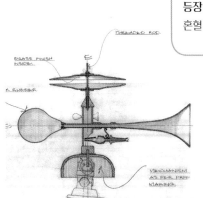

세인트 멍고 마법 질병 상해 병원

흔한 일이지만, 어떤 장면들은 책에도 나오고 대본에도 나오지만 영화에는 나오지 않는다. 〈해리 포터와 불사조 기사단〉에서는 아서 위즐리가 볼드모트의 뱀 내기니에게 공격당하는 장면을 위해 세인트 멍고 병원 비주얼 작업을 진행했지만, 해당 장면은 마지막 촬영 대본에서 삭제되었다.

위 왼쪽부터 시계방향으로: 바닥을 청소하는 집요정./부상자를 데리고 온 퀴디치 선수들./이상한 병에 걸려 대기실에서 기다리는 마법사들 콘셉트 아트(애덤 브록뱅크).

세인트 멍고 마법 질병 상해 병원

CHAPTER 2

녹턴 앨리

녹턴 앨리

<해리 포터와 비밀의 방>에서 처음으로 플루 네트워크를 써본 해리는 목적지인 다이애건 앨리를 잘못 발음하는 바람에 한 칸 떨어진 벽난로에 도착하고 만다. 해리는 녹턴 앨리라는 이름으로 알려진 거리로 나온다. 재를 털고 부러진 안경을 다시 쓴 해리는 자신이 어둠의 마법과 관련된 물건들을 거래하는 골동품 가게인 보긴 앤 버크에 와 있다는 것을 알게 된다. 해리는 다이애건 앨리로 돌아가는 길을 찾던 중 해그리드에게 구출된다. 해그리드는 이처럼 수상한 거리에 있는 이유에 대해 답해야만 한다.

스튜어트 크레이그는 다이애건 앨리와 비슷한 건물들을 활용했다. 녹턴 앨리의 건물에도 똑같이 눈에 띌 만큼 기울어진 모습을 부여한 것이다. 하지만 녹턴 앨리의 생기 없는 수많은 상점들은 창문이 활 모양으로 휘어져 있어서 마치 검게 그을린 벽돌 벽에서 튀어나온 것처럼 보인다. 놀랍지도 않지만, 다이애건 앨리에는 빛과 색채가 있는 반면 녹턴 앨리는 어둠으로 가득하다.

1863년에 문을 연 보긴 앤 버크의 건물 정면은 올리밴더의 지팡이 가게와 똑같은 모습이지만, 좀 더 어둡다. 안에 들어가면 선반과 유리 캐비닛에 촛대, 항아리, 두개골을 비롯한 뼈, 보석, 이국적인 조각상들이 전시돼 있다. 소품 제작자 피에르 보해나는 박제사를 데려와서 팀원들에게 세트 장식의 참고 자료로 쓸, 쭈그러진 진짜 머리를 보여주었다. 상자, 계산대, 찬장 등에 쓰인 가게의 목재에는 올리밴더의 가게와 마찬가지로 흑단을 칠했다. 예리한 눈을 가진 사람이라면 캐비닛 근처의 벨벳 액자 안에 들어 있는 보석 목걸이를 알아볼 것이다. 이 목걸이는 <해리 포터와 혼혈 왕자>에서 가엾은 케이티 벨이 건드린 저주받은 오팔 목걸이다.

사용자: 수상한 마법사들과 보긴

촬영 장소: 리브스덴 스튜디오

등장: <해리 포터와 비밀의 방>, <해리 포터와 혼혈 왕자>

"해리, 그냥 내 생각일까?
아니면 네가 보기에도 드레이코랑 걔네 엄마가
좀 수상하지 않아?"

론 위즐리, 〈해리 포터와 혼혈 왕자〉

해리는 이곳의 물건들에 엄청난 호기심을 보이다가 영광의 손을 건드리는 실수를 하고 만다. 영광의 손은 도둑들이 무척 탐내는 마법의 물건이다. 이 손이 해리의 손을 잡고 놓아주지 않지만 해리는 결국 힘겹게 떼어낸다. 영화에 쓰려고 만든 손은 두 종류로, 움직이지 않는 것과 대니얼 래드클리프의 손을 움켜잡았던 기계 소품이다.

영화에서 최종적으로 삭제된 어느 장면에서는 드레이코 말포이와 그의 아버지 루시우스가 보긴 앤 버크를 방문한다. 루시우스는 머글 보호법에 따라 마법 정부가 압수 수색을 할 경우에 발견되면 당혹스러울 만한 물건들을 팔고 싶어 한다. 드레이코는 가게 창문 너머로 영광의 손에 잡힌 해리를 보지만, 둘이 서로 마주치기 전에 해리는 풀려나 사라지는 캐비닛 안에 몸을 숨긴다. 석관처럼 생긴 커다란 캐비닛은 아이언 메이든이라고 불리던 중세의 고문 기구에서 따온 것이다. 다행히 캐비닛 안이 비어 있어서, 해리는 이곳저곳을 살피는 드레이코의 눈길에서 벗어날 수 있었다.

해리는 〈해리 포터와 혼혈 왕자〉에서 녹턴 앨리에 다시 가게 된다. 이번에는 론과 헤르미온느가 함께다. 다이애건 앨리가 죽음을 먹는 자들에게 거의 파괴된 상황에서, 세 사람은 어머니 나르시사와 함께 남들 눈에 띄지 않으려고 조심스럽게 녹턴 앨리로 들어가는 드레이코를 보게 된다. 세 사람은 말포이 모자를 좇아, 두 사람이 간신히 지나갈 만큼 좁은 아치 밑 벽돌 길을 따라서 보긴 앤 버크로 간다. 녹턴 앨리의 비좁고 위험한 분위기가 부각된 장면이다. 말포이 모자는 보긴을 따라 가게 안을 가로질러 작은

34쪽 위: 녹턴 앨리 세트장의 대니얼 래드클리프, 에마 왓슨, 루퍼트 그린트.
34쪽 아래, 35쪽 위: 보긴 앤 버크의 쭈그러진 머리와 두개골이 소품 팀에 전시돼 있다.
아래: 〈해리 포터와 비밀의 방〉 세트장 사진.

뜰을 지난 다음, 가게에 붙어 있는 2층짜리 창고형 건물에 들어간다. 그곳에서 이들은 늑대인간 펜리르 그레이백을 만난다.

골목길은 벨라트릭스 레스트레인지나 아미쿠스 캐로, 알렉토 캐로 남매 등 정체가 알려진 죽음을 먹는 자들의 현상수배 포스터로 뒤덮여 있다. 이들을 비롯한 죽음을 먹는 자들이 런던의 이 구역을 파괴했기 때문에 미라포라 미나와 에두아르도 리마가 만든 포스터들은 여기저기 찢기고 얼룩져 있으며, 거친 날씨에 손상된 것처럼 보인다.

드레이코는 보긴 앤 버크에서 무언가를 발견하는데, 해리는 나중에 그것이 사라지는 캐비닛이라는 것을 알게 된다. 아서 위즐리는 해리에게 볼드모트가 처음 권력을 차지했을 때 이 캐비닛이 엄청난 인기를 끌었다고 말한다. 캐비닛 안에 들어가면 사라질 수 있었기 때문이다. 또 이 캐비닛으로 두 장소를 왔다 갔다 할 수도 있다. 녹턴 앨리에 있는 사라지는 캐비닛과 쌍을 이루는 캐비닛이 호그와트 필요의 방에 있다는 사실이 나중에 밝혀진다. 드레이코는 호그와트의 사라지는 캐비닛이 제대로 작동하도록 하는 임무를 받았다. 죽음을 먹는 자들이 사라지는 캐비닛을 이용해 학교에 침입해서 점령하려는 음모를 짰기 때문이다.

〈해리 포터와 혼혈 왕자〉에 나오는 필요의 방은 갖가지 잡동사니와 쓰레기로 넘쳐나고 있으므로, 프로덕션 디자이너 스튜어트 크레이그는 사라지는 캐비닛의 단단하고 우뚝 솟은 실루엣을 활용해 대비되는 이미지를 주기로 했다. 미술 감독 해티 스토리는 말한다. "데이비드 예이츠 감독은 캐비닛이 신비롭고도 위협적으로 보이기를 원했습니다. 스튜어트는 그거야말로 다양한 소품과 가구가 사방에 넘쳐흐르는 세트장에서 그런 느낌을 전달할 가장 좋은 방법이라고 생각했죠." 오벨리스크 모양의 검은색 캐비닛에는 특수효과 엔지니어인 마크 불리모어가 만든, 복잡한 놋쇠 자물쇠가 달려 있다. 불리모어는 그린고츠 마법사 은행과 비밀의 방에 있는 자물쇠도 디자인했다.

위: 〈해리 포터와 혼혈 왕자〉에서 드레이코 말포이가 보긴 앤 버크 앞에 서 있다.
아래: 애덤 브록뱅크가 그린 사라지는 캐비닛 콘셉트 아트.
37쪽 위: 〈해리 포터와 혼혈 왕자〉에서 해리, 론, 헤르미온느가 드레이코 말포이를 따라갈 때 거쳐 간 경로를 보여주는 스토리보드.
37쪽 아래: 〈해리 포터와 혼혈 왕자〉의 현상수배 포스터.

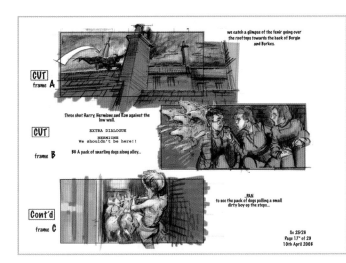

we catch a glimpse of the fenir going over the roof tops towards the back of Borgin and Burkes.

Three shot Harry, Hermione and Ron against the low wall.

EXTRA DIALOGUE
HERMIONE
We shouldn't be here!!

BG A pack of snarling dogs along alley...

...PAN
to see the pack of dogs pulling a small dirty boy up the steps...

Sc 25/26
Page 17° of 29
10th April 2008

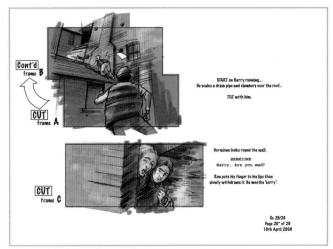

STARt on Harry running...
He scales a drain pipe and clambers over the roof...

TILT with him.

Hermione looks round the wall.

HERMIONE
Harry. Are you mad?

Ron puts his finger to his lips then slowly withdraws it. He mouths 'sorry'.

Sc 25/26
Page 20° of 29
10th April 2008

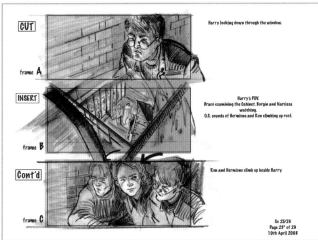

Harry looking down through the window.

Harry's POV.
Draco examining the Cabinet. Borgin and Narcissa watching.
O.S. sounds of Hermione and Ron climbing up roof.

Ron and Hermione climb up beside Harry.

Sc 25/26
Page 29° of 29
10th April 2008

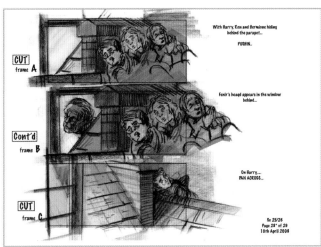

With Harry, Ron and Hermione hiding behind the parapet...

PUSHIN...

Fenir's head appears in the window behind...

On Harry....
PAN ACROSS...

Sc 25/26
Page 28° of 29
10th April 2008

호그와트 급행열차

킹스크로스역

<해리 포터와 마법사의 돌>에서 처음 등장하는 런던의 킹스크로스역은 학생들을 호그와트 마법학교로 태우고 가는 호그와트 급행열차의 출발 역이다. 빅토리아 시대에 지어졌으며 높이가 20미터도 넘는 원통형 지붕이 240미터 넘게 뻗어 있는 이 역은, 해리와 함께 구름다리에 서서 호그와트 급행열차 표를 건네주는 해그리드마저 작게 보일 정도로 넓은 규모를 자랑한다. 스튜어트 크레이그는 <해리 포터와 불사조 기사단>에서 위즐리 가족이 해리를 킹스크로스역으로 데려갈 때는, 다소 외관이 밋밋한 킹스크로스역 대신 빅토리아 시대 고딕풍으로 좀 더 정교하게 디자인된 이웃 역 세인트 판크라스를 선택했다. 역 안에서 해리는 다시 한번 구름다리를 건너는데, 이번에는 시리우스 블랙이 검은 개로 변신해 동행하며 새 학년을 시작하는 해리를 전송한다.

<해리 포터와 죽음의 성물 2부>에서 해리는 몽환적이고 비현실적으로 변한 킹스크로스역에서 알버스 덤블도어를 만난다. 아마도 해리의 상상이었을 밝은 흰색으로 변한 킹스크로스역 내부를 실제로 상상한 사람들은 특수효과 팀이다. 대니얼 래드클리프(해리 포터)와 마이클 갬번(알버스 덤블도어)은 그린스크린 대신 하얀 무대에서 이 장면을 찍어 빛이 쏟아지는 효과를 더욱 키웠다. 애초에 제작진은 기차역을 얼음 궁전처럼 만들 생각이었지만, 이를 렌더링해 본 결과 정작 그들이 원하는 분위기가 전달되지 않았다. 특수효과 팀은 화판(정확히 말하자면 컴퓨터 키보드)으로 돌아가서 더 단순한 아이디어

**"기차는 10분 뒤 출발해. 표 여기 있다.
잘 갖고 있어.
잃어버리면 큰일 나."**

루비우스 해그리드, <해리 포터와 마법사의 돌>

사용자: 호그와트 학생과
가족

촬영 장소: 영국 런던 킹스
크로스역, 세인트 판크라
스역

등장: 〈해리 포터와 마법사
의 돌〉, 〈해리 포터와 비밀
의 방〉, 〈해리 포터와 불사
조 기사단〉, 〈해리 포터와
죽음의 성물 2부〉

를 채택했다. 기차역의 현실적 요소들을 살리는 대신 벽
과 아치를 없애고 지붕과 기둥과 승강장만 남겨서, 이 세
상이 아닌 듯한 끝없는 느낌을 낸 것이다. 환한 지평선
에 빛을 또 더하고, 거기에 짙은 안개를 추가했다. 제작
자와 감독은 결과에 만족하며, 기둥들의 투명도를 아주
조금씩 조정해 저세상 같은 느낌을 더해달라는 한 가지
요청을 더했다.

위: 〈해리 포터와 죽음의 성물
2부〉의 하얗고 깨끗한 킹스크로스
역 콘셉트 아트.
아래: 〈해리 포터와 죽음의 성물
2부〉에서 킹스크로스역에 함께 있
는 해리 포터와 알버스 덤블도어(마
이클 갬번).
40쪽: 〈해리 포터와 마법사의 돌〉
에서 9와 4분의 3번 승강장에 서
있는 호그와트 급행열차로 다가가
는 해리 포터.

9와 4분의 3번 승강장

〈해리 포터와 마법사의 돌〉에서 해리는 루비우스 해그리드에게 호그와트 급행열차 표를 받은 뒤, 혼자서 9와 4분의 3번 승강장으로 향한다. 9번과 10번 승강장은 찾지만 그 다음에는 어떻게 해야 할지 알 수가 없던 해리에게 다행히 마법사 가족인 위즐리 가족이 나타나서, 벽돌 벽을 지나 숨겨진 승강장으로 들어가는 방법을 알려준다.

사람들은 자연스럽게 이 장면을 킹스크로스역의 실제 9번과 10번 승강장에서 촬영했을 거라고 생각하지만, 스튜어트 크레이그에 따르면 "9번과 10번 승강장은 본 역사가 아니라, 옆에 딸린 작은 별관에 있"다. 킹스크로스역의 빅토리아풍 분위기로 강한 느낌을 주기를 원했던 크레이그는 "승강장과 승강장을 연결하는 큰 아치 아래에 커다란 벽돌 기둥이 서 있는 승강장을 선택했"다. "달려들어서 통과할 튼튼한 벽이 필요했거든요." 9와 4분의 3번 승강장은 실제로는 4번과 5번 승강장 사이에서 촬영되었다.

시리즈 전체에 걸쳐, 벽을 통과하는 장면은 디지털로 제작되었다. 하지만 실사 효과를 선호한 〈해리 포터와 마법사의 돌〉 감독 크리스 콜럼버스는 스튜디오에 대니얼 래드클리프(해리)가 처음에 뛰어든 벽 속의 길을 만들었다. 킹스크로스 현장 촬영은 사

사용자: 호그와트 학생과 가족

촬영 장소: 잉글랜드 런던 킹스크로스역 4번과 5번 승강장

등장: 〈해리 포터와 마법사의 돌〉, 〈해리 포터와 비밀의 방〉, 〈해리 포터와 아즈카반의 죄수〉, 〈해리 포터와 불사조 기사단〉, 〈해리 포터와 죽음의 성물 2부〉

람이 가장 붐비지 않는 일요일에 진행됐는데, 실제로 기차역은 한산했지만 주말에 기차를 타러 온 승객들이 촬영 사실을 알게 되자 사정이 바뀌었다. 콜럼버스 감독은 다음과 같이 회상한다. "우리는 선로에 진짜 호그와트 급행열차를 불러들이고, 승강장 표지판을 9와 4분의 3번으로 바꿨어요. 사람이 엄청나게 몰렸죠. 정말로 킹스크로스역에서 그 기차를 본다는 사실에 모두 감탄했어요." 〈해리 포터와 죽음의 성물 2부〉에서는 호그와트를 졸업하고 19년이 지난 시점에 해리와 지니, 론, 헤르미온느가 함께 9와 4분의 3번 승강장을 다시 찾는다. 이번에는 부모가 되어 호그와트로 떠나는 아이들을 배웅 온 것이다. 다시 한번 호그와트 급행열차가 들어선 승강장에는 즐거운 구경꾼들이 가득했다.

해리, 론과 헤르미온느, 드레이코 말포이의 자녀들이 호그와트 급행열차를 타러 온 〈해리 포터와 죽음의 성물 2부〉 장면들.
42쪽 위: 소품으로 사용된 낡은 여행 가방들.
42쪽 아래: 〈해리 포터와 마법사의 돌〉에서 각자의 머리글자를 새긴 짐을 밀면서 9와 4분의 3번 승강장으로 향하는 신입생 해리 포터와 론 위즐리.

호그와트 급행열차

호그와트 급행열차는 〈해리 포터〉 영화 시리즈 내내 모습을 보인다. 기차는 호그와트의 신입생과 재학생 들을 태우고 런던에서 호그스미드역까지 운행하고, 학생들은 그곳에서 다른 교통수단으로 갈아타고 호그와트로 향한다. 학년이 끝나면 열차는 다시 학생들을 태우고 런던으로 돌아온다. 제작진은 호그와트 급행열차를 만들기 위해 '올턴 홀'(5972번)이라는 이름의 폐기된 증기기관차를 구했다. 그레이트 웨스턴 철도에서 1937년에 제조해 1963년까지 운행한 뒤 웨일스 남부의 고철 하치장에 버린 올턴 홀은, 1997년에 발견돼 〈해리 포터와 마법사의 돌〉 촬영용으로 전면 개조되었다. 그레이트 웨스턴 철도의 전통적 상징색인 진녹색과는 정반대되는 진홍색으로 몸체를 칠하고 엔진과 새 행선지 명판 '호그와트 성'을 단 기관차는, 영화를 찍지 않을 때는 관광 열차로 스카보러와 요크 사이를 운행하거나 셰익스피어 특급으로 스트랫퍼드 어폰 에이번까지 운행했다.

위: 헬리콥터에서 촬영한 〈해리 포터와 혼혈 왕자〉의 한 장면.
중간, 아래: 기차에 사용된 행선지 및 철도 회사 표시들.
47쪽: 올턴 홀(5972번)을 개조한 호그와트 급행열차 기관차.

"뭐 필요한 거 없니?"

열차 내 간식 판매원, 〈해리 포터와 마법사의 돌〉

호그와트 급행열차의 내부와 외부는 동시에 촬영되지 않았다. 〈해리 포터와 마법사의 돌〉의 크리스 콜럼버스 감독은 "안타깝게도 실제로 스코틀랜드로 가는 기차에서 그 장면들을 찍을 수는 없었"다고 말하며 "그래서 기차는 헬리콥터로 찍고 객실 장면은 그린스크린 앞에서 찍었죠"라고 털어놓았다.

기차 객실 외관은 콜럼버스가 좋아하는 영화에서 영향을 받았다. 비틀스가 출연한 1964년 작 〈하드 데이즈 나이트〉다. "아마도 제가 가장 좋아하는 영화"일 것이라고 콜럼버스는 말한다. "그 영화에서 존, 폴, 조지, 링고가 앉아서 가는 객실과 똑같은 느낌을 내고 싶었어요. 그래서 스튜어트 크레이그가 객실을 다시 만들었죠."

위: 〈해리 포터와 마법사의 돌〉의 한 장면. 간식 판매원이 객실 앞에 서 있다.
아래: 어린 배우들은 촬영장에서 사탕을 마음껏 먹을 수 있었다.
49쪽 위: 낡고 허름한 기차 객실은 〈해리 포터와 마법사의 돌〉의 감독 크리스 콜럼버스의 의도에 따른 결과였다.
49쪽 아래: 호그와트 급행열차가 '매매' 표시를 내건 집 앞을 지나가는 장면. 영화에는 나오지 않았다.

사용자: 호그와트 학생들, 간식 판매원

사용한 기계: 올턴 홀(5972번)

등장: 〈해리 포터와 마법사의 돌〉, 〈해리 포터와 비밀의 방〉, 〈해리 포터와 아즈카반의 죄수〉, 〈해리 포터와 불의 잔〉, 〈해리 포터와 불사조 기사단〉, 〈해리 포터와 혼혈 왕자〉, 〈해리 포터와 죽음의 성물 1부〉, 〈해리 포터와 죽음의 성물 2부〉

CHAPTER 4
마법 정부

마법 정부

스튜어트 크레이그는 마법 정부를 만들 때 엄격한 정부 기구에 걸맞은 엄숙한 분위기를 만들고, 또 그 세트의 규모가 촬영소에 짓는 가장 큰 세트가 될 것이 분명했기에 시각적으로 멋진 모습을 보여주고자 했다. 크레이그는 다음 질문들을 던져보았다. "어떻게 해야 현실성 있어 보일까? 어떻게 해야 효율적인 방식이 될까? 어떻게 해야 이 세트에 다른 세트들과 차별되는 개성과 흥미를 담을 수 있을까?" 그의 첫 번째 과제는 마법 정부의 위치를 정하는 것이었다. "우선 마법 정부는 지하에 있어요. 하지만 그곳은 일단 행정부죠. 우리는 마법 정부가 머글 정부의 평행 우주 같은 곳에 있다고 설정했어요. 그리고 그곳이 영국 국방부 아래에 있으면 재미있겠다고 생각했죠." 지하 공간을 연구하기 위해서 크레이그의 팀은 런던 지하철의 터널과 역을 살펴보았다. "우리는 1900년대

"마법 정부가 저한테 왜 그러는 거죠?"

해리 포터, 〈해리 포터와 불사조 기사단〉

초에 지은 아주 오래된 지하철역들에 가봤어요. 대개 막대한 양의 사기 타일로 장식되어 있죠. 역들이 지하수면 아래에 있기 때문에 사기 타일은 합리적인 선택이에요. 타일의 색깔과 고전적 기둥, 여러 가지 장식 요소가 디자인 아이디어를 주었어요. 이미지들도 흥미로웠고요." 크레이그는 또 지하에 위치해 자연 채광이 없으니, 광택 타일을 쓰면 거기에 조명이 반사될 거라는 점도 생각했다. 플루 네트워크에 연결된 거대한 금빛 벽난로들에 둘러싸인 마법 정부 중앙 홀은 진홍색, 녹색, 검은색으로 장식됐다. 크레이그는 이 공간을 오전 8시 워털루역에 비유했다. "워털루역에서도 거대한 통로로 이어지는 대형 중앙 광장으로 출근 인파가 밀려들죠. 차이점이라면 마법 정부에서는 사람들이 기차 대신 벽난로로 출근한다는 점뿐이에요."

마법 정부 직원들은 서류가방 같은 사무 용품을 갖추고 있다. 세트 장식가 스테퍼니 맥밀런은 중앙 홀에 《예언자일보》를 파는 신문 판매대를 넣고, 커피와 빵을 파는 '미니스트리 먼치' 커피 판매대도 넣었다. 하지만 크레이그는 "마법 정부는 관료 집단"이라고 단언한다. "그리고 그 안에서는 음험한 일이 벌어지죠. 마법 정부 총리 퍼지는 위압적인 권력자예요." 크레이그와 데이비드 예이츠 감독은 옛 소련 초기의 선전 포스터를 본떠, 중앙 홀에 코닐리어스 퍼지의 대형 현수막을 걸어 그것이 직원들을 내려다보

위: 중앙 홀에 걸린 마법 정부 총리 코닐리어스 퍼지(로버트 하디)의 당당하고 강인한 초상 현수막.
오른쪽: 해리가 머글 앞에서 패트로누스 주문을 사용한 건으로 재판을 받기 위해 아서 위즐리를 따라 법정으로 가는 장면 콘셉트 아트(앤드루 윌리엄슨).

도록 설치했다. 크레이그는 "그곳이 지하에 있다는 것 자체가 인공적"이라고 말한다. "전혀 세상을 내다보지 못하는 위치잖아요." 실제로 지은 세트의 길이는 60미터가 넘었는데, 영화에서는 이를 CGI로 확장해 그 네 배 규모로 보이도록 했다. 크레이그는 "하지만 높이는 스테이지보다 높게 할 수 없었어요"라고 말하며, "6미터가 한계"였다고 고백한다. 2층까지밖에 짓지 못한 마법 정부의 끝없는 사무실 기둥들은 이후에 디지털로 확장되었다. 스테퍼니 맥밀런은 사무실 14군데를 꾸며야 했는데, 마법 세계의 규칙에 따라 사무실 어디에도 전기가 들어오지 않았다. 맥밀런이 웃으며 말한다. "전기가 완전히 금지됐어요. 그래서 사무실들에 타자기와 목이 긴 기름 램프를 놓았죠. 그리고 중량 문제 때문에 방 뒤쪽 서류 캐비닛과 서랍장은 종이로 만들었어요." 실제로 그 사무실들에는 스턴트맨들만 들어갈 수 있었다.

〈해리 포터와 불사조 기사단〉의 클라이맥스 부분에서 덤블도어와 볼드모트는 마법 정부 중앙 홀에서 마법 전투를 벌이며 한순간에 200장도 넘는 유리창을 깨뜨린다. 특수효과 감독 존 리처드슨은 이 장면에 특수 폭발 효과를 사용했고, 거기에 폭발 잔해를 추가했다. 리처드슨이 말한다. "특수효과는 단 한 번에 성공해야 했어요. 그걸 해내서 정말 기뻤죠." 영화를 제작할 때 흔히 그러듯 중앙 홀의 격렬한 전투 장면을 먼저 촬영했기에, 그 뒤에는 세트를 이전의 깨끗한 상태로 돌리기 위해 대규모 청소 작업을 해야 했다.

사용자: 마법 정부 총리 퍼지, 스크림저, 시크니스, 마법 정부 직원들

촬영 장소: 리브스덴 스튜디오

등장: 〈해리 포터와 불사조 기사단〉, 〈해리 포터와 죽음의 성물 1부〉

54쪽: 대역 배우들이 중앙 홀 세트에서 휴식을 취하고 있다.
위: 〈해리 포터와 불사조 기사단〉에서 망토 입은 여자가 중앙 홀을 걸어가는 모습 콘셉트 아트(앤드루 윌리엄슨).
아래: 볼드모트 경과 덤블도어의 전투가 끝난 뒤에 파괴된 중앙 홀 모습 콘셉트 아트(앤드루 윌리엄슨).

법정

〈해리 포터와 불의 잔〉에서 덤블도어의 방에 들어가 처음으로 펜시브를 들여다본 해리 포터는 마법 정부 법정으로 들어가서 마법 사법위원회가 죽음을 먹는 자들을 재판하는 광경을 본다. 해리가 법정으로 '떨어져' 들어가기 때문에 그곳에는 수직 구조가 있어야 했다. 해리는 시각효과의 도움으로 16층 높이(약 50미터) 천장에서 떨어져서 그 팔각형 방으로 들어간다. 스튜어트 크레이그는 그 방을 설계할 때 시리즈에서 한 번도 쓰지 않은 독특한 스타일을 활용했다. "고대 비잔틴 교회들을 참고했어요. 현재 터키의 이스탄불인 비잔티움시는 5세기에는 로마 제국의 일부였죠. 비잔틴풍은 영화 전체에 많이 쓴 뾰족뾰족한 고딕풍과 달리 둥근 아치와 돔 지붕이 특징이에요." 고대 건축풍을 선택한 결과, 법정 자체는 아주 오래된 느낌을 풍긴다. 법정의 빽빽한 배치는 조여드는 듯 답답하고 위압적이지만, 실제로는 200명이 들어갈 수 있는 넓이의 방이었다. 크레이그는 "전편의 영화들보다 더 위압적이고 어두운 모습"이라고 말한다. "상황의 분위기를 확실히 전달해야 했거든요." 법정은 마법 정부 안쪽 깊숙한 곳에 자리 잡고 있어서 외부 광원이 없다. 그래서 벽 속의 높고 우묵한 공간들에 자리한 거대한 벽난로 4개가 붉은색과 황금색 빛을 발했다. 무늬를 상감한 바닥과 주변을 둘러싼 기둥은 대리석 무늬 종이로 마감됐다. 그린고츠 마법사 은행 바닥(과 〈해리 포터와 마법사의 돌〉에 나오는 거대한 마법 체스판)에 쓴, 물과 유화 물감을 담은 큰 통에 담갔다가 꺼내서 붓으로 마무리한 바로 그 종이다. 총총 늘어선 대리석 기둥들에는 금색을 입혀서 불빛을 반사시켰다. 오랜 세월 속에 조금씩 허물어진 그 방의 벽은 갈라지고 페인트는 벗겨져 있다. 벽에는 비진

사용자: 마법 사법위원회, 죽음을 먹는 자들

촬영 장소: 리브스덴 스튜디오

등장: 〈해리 포터와 불의 잔〉, 〈해리 포터와 불사조 기사단〉, 〈해리 포터와 죽음의 성물 1부〉

"피고의 혐의는……."
코닐리어스 퍼지, 〈해리 포터와 불사조 기사단〉

틴 성화와 비슷하지만 마법 세계 버전으로 재탄생한 벽화들이 걸려 있고, 덤블도어의 기억 속 법정 한가운데에는 심문 대상자를 가둔 창살 우리가 있다. 크레이그는 이를 중세의 고문 기구와 비슷하다고 설명한다. "마이크 뉴얼 감독이 고문 기구처럼 만들기를 원했거든요. 그래서 무시무시한 가시들이 그 안의 증인을 향해 뻗어 있도록 만들었죠."

〈해리 포터와 불사조 기사단〉에서 해리는 미성년 마법 사용 문제로 재판을 받기 위해 법정으로 향한다. 이때의 법정은 이전과 달라지고 또 확장되었다. 크레이그가 말한다. "두 배로 커졌어요. 대칭 구조는 중요한 사항이기 때문에 그대로 유지했지만, 팔각형 구조를 또 하나 지어 거기에 붙였죠." 이전의 서류 더미가 없어진 법정은 타일에 덮인 마법 정부 중앙 홀과 좀 더 비슷해졌다. 크기는 두 배가 되었지만 불빛은 여전히 4개뿐이어서, 방은 어둡고 삭막한 그림자에 덮여 있다.

〈해리 포터와 죽음의 성물 1부〉에서 해리와 론, 헤르미온느는 딜로리스 엄브리지가 착용한 호크룩스 로켓을 훔치기 위해 변장을 하고 법정에 몰래 침입한다. 이때의 법정은 전과는 다른 방이다. 법정은 다시 하나의 팔각형 공간으로 돌아갔고, 암녹색 사기 타일에 둘러싸여 있다.

56~57쪽, 위 왼쪽부터 시계방향으로: 위에서 내려다본 팔각형 방 콘셉트 아트./〈해리 포터와 불의 잔〉 속 법정 스틸 사진. 나뭇잎을 새긴 황금 기둥들과 비잔틴풍 벽화가 두드러진다./빅토리아풍 타일이 깔린 〈해리 포터와 죽음의 성물 1부〉 속 법정 모습./죄수를 가둔 우리는 중세의 고문 도구를 본떠 만들었다.

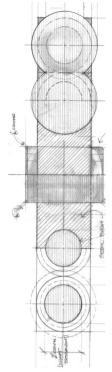

예언의 방

사용자: 덤블도어의 군대, 죽음을 먹는 자들
등장: 〈해리 포터와 불사조 기사단〉

97.131

〈해리 포터와 불사조 기사단〉에서 해리 포터는 볼드모트가 보낸 환상에 속아 시리우스 블랙을 구하기 위해 마법 정부의 미스터리부로 달려간다. 그리고 덤블도어의 군대 친구들인 론 위즐리, 지니 위즐리, 헤르미온느 그레인저, 네빌 롱보텀, 루나 러브굿과 함께 수백 수천 개의 크고 작은 구체가 들어차 있는 예언의 방으로 들어간다.

예언의 방은 〈해리 포터〉 시리즈에서 처음으로 만든 전면 가상 세트다. 예언의 방을 디지털로 만들자는 결정은 쉽지 않았다. 스튜어트 크레이그가 말한다. "시험 촬영도 많이 해보고 토론도 많이 했어요. 실제로 세트를 짓고 거기에 CGI를 덧붙이는 일이 늘 쉽지는 않아요. 때로는 통째로 만드는 편이 나을 때도 있죠." 그 방의 조명과 거기 있는 물체들의 속성이 세트를 디지털로 만들자는 결정의 가장 강력한 근거가 됐다. "우리는 예언들을 흐릿한 불빛

"해리? 네 이름이 적혔어."

네빌 롱보텀, 〈해리 포터와 불사조 기사단〉

과 비슷하게 만들어서, 학생들이 그 옆을 지나가면 밝아졌다가 어두워지게 하고 싶었어요. 그런데 그렇게 하자면 조명 기구처럼 보이지 않게 하기가 아주 어려웠어요. 반면에 컴퓨터로 만들면 온갖 신비함과 미묘함을 다 표현할 수 있었죠."

제작진은 세트 일부를 실제로 지어보려 했다. 스테퍼니 맥밀런의 팀은 선반 구조를 하나 만들고, 거기에 5센티미터부터 45센티미터에 이르는 다양한 지름의 예언 구체에 이름표를 달아 채워달라는 요청을 받았다. 맥밀런

이 회상한다. "다 합해서 1만 3,000개 정도의 구체를 만들어 배경에 사용할 예정이었어요. 앞쪽에 있는 선반은 특수효과로 만들 계획이었죠." 하지만 새로운 문제가 대두되었다. 장면 마지막에 선반과 유리 구체들이 마구 깨지는데, 배우들의 안전을 위해서 그 장면은 디지털로 완성되어야 했다. 그래서 결국 디지털 제작이 확정되었다. 소품 재활용의 달인 맥밀런은 이때 만든 구체 몇 개를 마법 정부 중앙 홀 커피 판매대의 음료수 통으로 활용했다. 예언의 방 장면은 바닥에 경로를 표시하고, 배우들이 상대할 선반의 단순하고 앙상한 틀만 놓은 상태로 그린스크린 방에서 촬영됐다. 디지털 아티스트들은 경로 표시를 참고해 방의 구조를 파악한 후에 디지털 선반과 구체를 무한 복제했다.

58~59쪽, 위 왼쪽부터 시계방향으로: 해리, 론, 헤르미온느, 네빌, 루나, 지니가 예언의 방에서 죽음을 먹는 자들에게 쫓기고 있다./컴퓨터 렌더링에 앞서 제작된 구체와 선반 도면./예언의 방의 끝없는 선반을 표현한 앤드루 윌리엄슨 콘셉트 아트./소품 팀에서 제작한 실제 구체 모형./예언의 방 선반들에 붙인 번호표.

60~61쪽, 위 왼쪽부터 시계방향으로:
미스터리부로 들어가는 해리와 덤블도
어의 군대./시리우스 블랙이 전투 중
베일 뒤로 넘어가며 죽는 장면 콘셉트
아트 2점./미스터리부 세트의 벨라트릭
스 레스트레인지(헬레나 보넘 카터)와
시리우스 블랙(게리 올드먼).

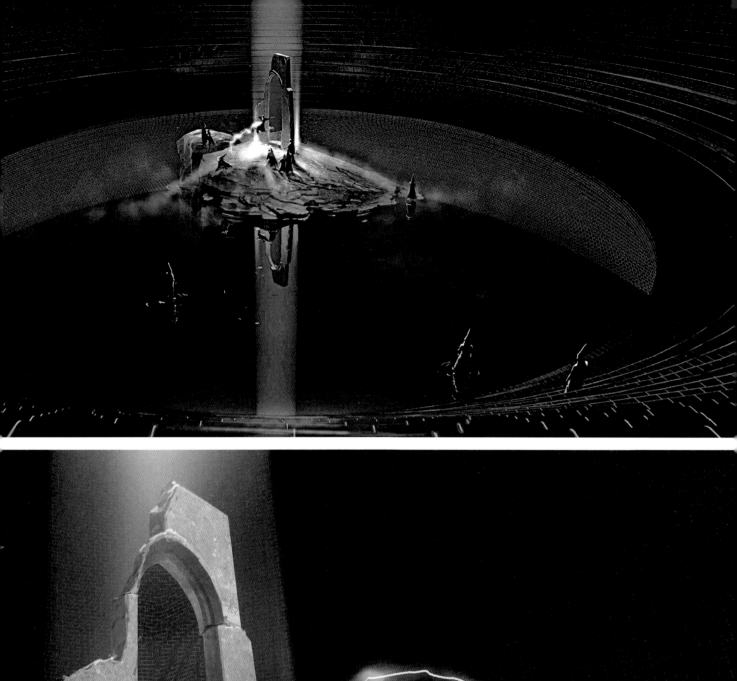

머글 태생 등록 위원회와 사무실

사용자: 덜로리스 엄브리지

등장: 〈해리 포터와 죽음의 성물 1부〉

〈해리 포터와 죽음의 성물 1부〉에서 폴리주스 마법약으로 변신한 해리 포터는 덜로리스 엄브리지가 착용한 호크룩스를 찾아 머글 태생 등록 위원회(머글 태생 마법사들을 추적하기 위해 새로 생긴 부서)에 들어선다.

머글 태생 등록 위원회는 검은 타일이 깔린 방에서 선전 책자를 열심히 편집해 서류함으로 날려 보낸다. "우리는 거대한 아치 천장이 있는 세트에 머글 반대 책자를 만드는 사무원용 책상 48개를 놓았어요." 스테퍼니 맥밀런이 말한다. 방 가장자리에는 코린트 양식으로 꼭대기를 장식한 황금 기둥들이 자리하고, 만자 무늬 테두리를 두른 보라색 카펫이 바닥에 깔렸다. 스튜어트 크레이그는 마법 정부 장식의 악센트로 곳곳에 보라색을 사용했다.

덜로리스 엄브리지의 새 사무실은 스튜어트 크레이그에 따르면 "또 하나의 분홍색 모험"이었다. 물론 영화가 어두워지면서 세트들의 색조도 어두워졌다. 엄브리지의 사무실은 마법 정부 중앙 홀이 내다보이는 위치라서 빛이 방 안으로 쏟아져 들어오지만, 벽의 암녹색 타일이 방을 어둡게 한다. 머글 태생 등록 위원회에서 보이던 황금색 코린트 양식 기둥 꼭대기가 여기서는 아주 커져서 타일 덮인 기단 위에 얹혀 있다. "하지만 엄브리지의 마법 정부 사무실은 호그와트에서처럼 여전히 뭔가가 많고 가구도 많죠." 맥밀런이 말한다. 분홍색 깔개와 날카로운 프랑스풍 가구들이 옮겨지고 고양이 접시도 대부분 옮겨 왔지만, 사무실이 어둡기 때문에 블루스크린을 써서 고양이를 움직이지는 않았다.

덜로리스 엄브리지의 사무실(63쪽 위) 밖에서 직원들이 머글 반대 책자를 만드는 모습(아래, 63쪽 아래)을 담은 앤드루 윌리엄슨의 콘셉트 아트.

"머드블러드, 그리고 그들이
평화로운 순수 혈통 사회에 가하는 위험."

머글 태생 등록 위원회가 배포하는 팸플릿,
〈해리 포터와 죽음의 성물 1부〉

Published by arrangement with Insight Editions, LP, 800 A street, San Rafael, CA 94901, USA, www.insighteditions.com

해리 포터 필름 볼트 Vol. 2
: 다이애건 앨리, 호그와트 급행열차, 마법 정부

초판 1쇄 인쇄 2021년 10월 20일
초판 1쇄 발행 2021년 12월 29일

지은이 | 조디 리벤슨
옮긴이 | 고정아, 강동혁
발행인 | 강봉자, 김은경

펴낸곳 | (주)문학수첩
주소 | 경기도 파주시 회동길 503-1(문발동 633-4) 출판문화단지
전화 | 031-955-9088(마케팅부), 9532(편집부)
팩스 | 031-955-9066
등록 | 1991년 11월 27일 제16-482호

홈페이지 | www.moonhak.co.kr
블로그 | blog.naver.com/moonhak91
이메일 | moonhak@moonhak.co.kr

ISBN 978-89-8392-871-9 04840
      978-89-8392-869-6(세트)

* 고유명사 등의 용어는 《해리 포터》 20주년 새 번역본을 따랐습니다.
* 파본은 구매처에서 바꾸어 드립니다.